ORAISON FVNEBRE PRONONCEE A PARIS EN L'EGLISE DE LA MAGDELAINE au ſeruice de LOVIS LE IVSTE, Roy de France & de Nauarre.

Par le R. Pere BERNARD GVYARD, Bachelier en Theologie de l'Ordre des Freres Preſcheurs, le quinzieſme Iuin mil ſix cens quarante trois.

Iuſtus vt palma florebit. Pſal. 92.

A PARIS,
Chez ARNOVLD COTINET, en la ruë des Carmes, proche la Mazure.

M. DC. XLIII.

A MONSEIGNEVR L'ILLVSTRISSIME ET REVERENDISSIME, MESSIRE AVGVSTIN POTIER EVESQVE & Comte de Beauuais Pair de France.

ONSEIGNEVR,

I'ay prononcé ce diſcours funebre en vn petit vaiſſeau, mais remply de grands hommes. Leur iugement a passé le mien, & le merite de la piece que i'ose vous presenter. Le rang, MONSEIGNEVR, que vous tenez dans l'Estat, vos merites, qui vous l'ont acquis, & le choix iudicieux que cette grande Reyne a fait de vous rendre éminent en dignité, comme vous l'estes en vertu, promettent tant de bon-heur à la France, qu'elle seroit ingratte de ne pas s'en réjoüir, & moy le moindre de tous de manquer à vous le tesmoigner.

MONSEIGNEVR,

Vostre tres-humble & tres-obeïssant seruiteur,
F. BERNARD.

ORAISON FVNEBRE prononcée à Paris en l'Eglise de la Magdelaine au seruice de LOVIS LE IVSTE, Roy de France & de Nauarre.

Par le R. P. Bernard Guyard, Bachelier en Theologie de l'Ordre des Freres Prescheurs, le 15. Iuin 1643.

Iustus vt palma florebit. Psal. 92.

QVELLE rencontre des palmes auec les larmes, du triomphe auec vne perte si sensible & generale, qu'elle porte vn coup mortel au cœur de la France, & de tous les François? les fredons de la plus douce Musique ne sont-ils pas importuns quand ils treuuent en leur chemin des prunelles larmoyantes pour aborder des oreilles, qui ne veulent entendre en vn si funeste accident, que des soupirs & des sanglots? Et quoy, la palme qui ne mene auec soy que des enseignes déployées, des legions foudroyantes, des canons comme des nuées pleines de foudre & de tonnerres, des trompettes en signe de réjoüissance, & des captifs pour releuer la grandeur du triomphe, peut-elle s'adiuster auec les ſoupirs du peuple, les ſanglots de la Iuſtice, les regrets de la Nobleſſe, les angoiſſes des Muſes, & les larmes de l'Egliſe qui tous enſemble ont perdu leur Pere, leur Legiſlateur, leur Roy, leur Mecenas, leur Protecteur en la mort de LOVIS LE IVSTE? helas! la pourpre s'eſt retirée de deſſus les épaules des Princes & Seigneurs de la Cour, les plumes qui couuroient leurs caſtors ont reuolé dans les deſerts, les creſpes ont pris leur place, les cheuaux, les carroſſes, les parois meſme en portent le grand düeil, comment donc le trauerſer par vn diſcours de palmes, qui veulent voir la nature déployée en ſes plus grandes allegreſſes? & quoy, Meſſieurs, ne deuroiſ-je pas pluſtoſt depeupler le monde de cyprez pour porter ſur la tombe de ce grand Prince comme fit autrefois Boreas Roy des Celtes, apres auoir perdu ſa fille Cypariſſa, ce qui fut cauſe qu'on nomma ſon ſepulchre cyprez? ne deuroiſ-je pas pluſtoſt demander au Ciel, qu'il fiſt de mes yeux non deux fontaines mais deux mers, ou qu'il me conuertiſt en vn rocher comme Niobé, pour plorer iour & nuict ce deſaſtre commun? oüy Meſſieurs, ie veux m'y opiniaſtrer, ie renonce à toutes les conſolations, & le plus grand ſupplice qui me puiſſe arriuer ce ſeroit de veoir ma douleur diminuée par la longueur du temps qui me ſeroit cruel & non fauorable en ce poinct.

Ie ne demande pas ſeulement auditeurs, auec cét homme affligé ſur vn fumier, que le iour auquel nous eſt arriué ce mal-heur ſoit effacé de nos calendes, que ſa memoire ſoit en execration, & tout à fait étouffée, ie paſſe plus auant, & ſi la foy ne cenſure point ma priere, ie tiendray les aſtres pour iniuſtes au cas qu'ils entreprennent de guerir ma douleur. Mais ie les en défie, puiſqu'à moins de ruiner toutes mes puiſſances, ils ne ſçauroient m'en rauir le ſouuenir. Auſſi n'eſt-ce pas ce qui me trauaille le plus, c'eſt de treuuer des paroles qui ayent quelque rapport d'expreſſion auec vne douleur ſi exceſſiue: choſe la plus difficile du monde au ſentiment de ce grand homme qui tient que *nihil eſt difficilius quam ſummo dolori paria verba referre.* Les paroles viennent en foule pour expliquer les petites, mais l'eloquence pert ſa reputation quand elle entreprend l'expreſſion des plus grandes. Et quoy que mon deſſein ne viſe qu'à vous en faire conceuoir les iuſtes reſſentiments, ſi deſia ils ne s'eſtoient emparez de vos cœurs, ce ſeroit vn grand auantage pour moy de trouuer les eſprits d'vn ſi fameux auditoire tellement abbatus, & occupez à cette perte generale, qu'ils ne peuſſent ſe refleſchir ſur les défauts de ce diſcours funebre, qui cede à tous les autres en merite, mais qui les ſurpaſſe en affection. C'eſt cette ſeule paſſion, M. M. qui m'a rendu aueugle, & empeſché de refuſer ce glorieux employ, honorable

Seneque

pour les autres, & redoutable pour moy. Pardonnez-donc, ô Grand Roy, à vn ſtile ſi rampant, à vne ſi foible éloquence, à de ſi baſſes penſées, & ſouffrez en ce haut poinct de voſtre gloire, que vos incomparables vertus que ie vais remarquer parmy les fueilles de vos lugubres, & victorieuſes palmes ſoubs les titres de pieté, de valeur, & de renuerſement, ne tirent pas à la rigueur contre moy, ſi ie ne monſtre aſſez dignement, que LOVIS LE IVSTE a eſté en ſa vie & en ſa mort ſemblable à la palme.

D'abord M.M. Ce qui me charme me poignarde, & à meſure que i'apperçois les obiects d'vne vertu qui n'eſt point commune, ie ſens vne triſteſſe qui le doit eſtre. Faut-il donc que la vertu ſoit mon bourreau, & que tant de merueilles dechirent mes entrailles au lieu de réjoüir mes puiſſances! faut-il qu'en ietant les yeux ſur les miracles de LOVIS LE IVSTE, ie les ouure pour plorer non pour les admirer! Faut-il qu'en les expoſant à ſon peuple, à ſes ſubiects, à ſa bonne ville de Paris, ie tente de les porter au deſeſpoir pour vne perte qui en eſt digne! Faut-il que ie me mette au hazard de rendre mon auditoire infidelle en luy faiſant douter de la Prouidence diuine qui a ſouffert la mort de ce Grand Prince en vn temps, où toute l'Europe luy tendoit les mains, & ſes Couronnes pour les rendre tributaires à la Monarchie Françoiſe! oüy M.M.

ie ne

ie ne peus éuiter ce mal-heur, & quand ie le pourrois ie me tiendrois coupable de le faire. Ie veux y arriuer, ie veux vous y porter, & ie n'en doute point, puis qu'en vous faisant voir tant de vertus éclipsées, & d'esperances moissonnées, il sera impossible de ne pas regretter ce qui ne se peut recouurer.

Parmy tant de rares vertus qui me viennent en foule, sa Royalle pieté me vient la premiere en memoire. Cette vertu a bonne grace par tout : mais elle iette plus d'éclat sur le Diadesme d'vn Prince, que sur le front d'vn homme particulier. A cause dequoy toutes ces Testes couronnées de l'antiquité eussent esté plus heureuses de prendre naissance en qualité de berger soubs les espines d'vn Crucifix, qu'en celle de Monarque soubs la constellation d'vne fortune payenne, qui ne les a ensceptrés que pour les rendre plus mal-heureux. Mais eux ny nous ne sommes pas createurs de nostre felicité. Plusieurs Roys ont desiré de voir ce que vous voyez, d'entendre ce que vous entendez, & ne l'ont peu. Nostre partage est fait sans y estre appellé, quoy qu'il ne soit pas accomply sans y mettre la main. C'est Dieu qui par les loix de son amour, & de ses volontez toûjours iustes, commence & acheue cét ouurage diuin.

Il n'est pas obligé de nous en donner des signes, sa bonté s'y laisse quelquefois emporter, & sur tout quand il a dessein d'exposer aux yeux d'vne Monarchie l'exemple d'vn Prince Eminent en vertu. Le noſtre, Meſſieurs, a eſté de ce nombre, & les contradictions qu'il a ſouffert auant que d'en eſtre capable, en ſont des preuues euidentes. Il n'a pas la vie, non pas l'eſtre meſme ſi ce n'eſt en ceſte preſence d'eternité, qu'on ſe met au deuant de ſa venuë au monde. Le Vatican eſt prié, ſollicité d'entrer en ce complot, la colombe deſcend ſur la teſte de Clement prés le riuage du Tybre, & vne voix du Ciel eſt entenduë, que de ce mariage il naiſtra vn enfant qui ſera le fils bien-aimé de l'Egliſe.

Clement 8. prophetiſe ſa naiſſance.

Moyſe eſt trauerſé de bonne heure. Vn enfant qui n'eſt encore qu'au berceau iette de l'effroy. On luy met les ondes en teſte, & autant d'ennemis, qu'elles portent de flots dedans leur ſein. Nonobſtant leur rage il fait vne nauigation heureuſe, & deuient le maiſtre d'vn peuple qui luy doibt ſon ſalut, & ſa gloire. LOVIS LE IVSTE le deuance en contradiction, & le ſuit en conduitte. Il n'eſt pas, & il ietțte la terreur au cœur de ſes ennemis. On tire des fleſches contre luy ſans voir le corps qui en puiſſe eſtre naüré. Mais malgré leurs efforts, & ambitieuſes precautions, il deſcend d'vn pere qui auoit vaincû ſes ennemis auant que de mettre le pied dans l'eſtrieu. Ie ferois mal M. M. d'en donner toute la gloire à la prudence mondaine, il faut la faire monter plus haut, & la recueillir de la main de Dieu qui vouloit nous donner vn Prince ſi pieux.

D'vn grand nombre de perſonnes qui s'addonnent à la pieté, ſans conter ceux qui y trauaillent tout de bon, i'en trouue trois qui s'y appliquent ſoubs trois diuers motifs. Les vns pour n'eſtre dans l'employ. Les affaires ne les embarraſſent point. Perſonne n'interrompt, perſonne ne trouble leur repas, leur repos. La fortune qui fait frapper aux portes des Palais où elle loge, s'eſtant retirée ailleurs, ils ont le loiſir de frapper à celles des Egliſes & de parler à Dieu, le monde ne prenant plus plaiſir à les écouter. Ce qui dure ſeulement autant que leur diſgrace, puiſque s'ils r'entrent en faueur ils ſortent de leur retraitte, & font connoiſtre qu'ils cherchoient pluſtoſt vn diuertiſſement ſpecieux, qu'vne ſolide vertu. La pieté des Princes ne peut ſe voiler de ce trompeux rideau. S'ils auoient plus d'oreilles que de cheueux, ils n'en auroient pas aſſez pour ceux qui leur veulent parler. On n'eſtudie iour & nuict que des complaiſances pour les entretenir. A l'heure qu'ils repoſent d'autres veillent pour ce ſujet. On ne ſe ſaoule point d'eſtre auec eux quoy que bien ſouuent ils ſe laſſent de la compagnie des hommes. Nonobſtant ces embarras d'affaires qui ont eſté plus grandes ſoubs le regne de LOVIS LE IVSTE, que ſoubs celuy de pluſieurs de ſes predeceſſeurs enſemble, il ne perd pas vn moment de ſes deuotions. Les audiences des Princes & Ambaſſadeurs ne préjudicient point à celles qu'il donne à la pieté, & pouuant s'excuſer ſur les ſoins d'vn ſceptre qui porte ſur ſa poinćte vn œil touſiours ouuert pour le bien de l'Eſtat, il ne trouue pas moins de temps pour traitter auec Dieu que pour parler aux hommes. Auſſi c'eſt vne pieté qui n'eſt point cloüée à ſon Oratoire, mais qui marche auec luy dans les armées, couche ſoubs les Tentes, & s'aduance iuſques dans les tranchées. Pieté dont la fumée des canons n'engloutit point celle de ſes prieres, le ſon des trompettes, l'attention qu'il y apporte, & les licences de la Cour, le reſpećt qu'il teſmoigne à la grandeur de nos myſteres. Tel qu'on le void en ſes deuotions, tel il paroiſt en ſes recreations, c'eſt à dire qu'il y conſerue touſiours l'amour de Dieu ſans corruption. Tel qu'on la veu en l'innocence de ſes ieunes années, tel il ſe monſtre au plus haut point de ſa vigueur, & ſi on y remarque du changement c'eſt par le progrés qu'il fait tous les iours en l'exercice des vertus.

Les ſeconds embraſſent la deuotion quand ils ſe treuuent aux priſes auec la neceſſité. Pendant qu'ils ſont dans l'abondance ils ſont ſans Religion, ne leuent iamais les yeux au Ciel, d'où leur tombe la manne, deſpenſent ſans conter, & bien ſouuent vont ſe coucher ſans remercier leur hoſte. Mais depuis qu'ils ſont reduits au glan, ils ſe leuent pour venir à la maiſon de leur pere.

Surgam & ibo ad patrem meum. Luc. 15.

Les

Les Princes ne peuuent s'attacher à la pieté ſoubs ce titre mercenaire. La neceſſité a couru vn grand païs auant qu'aborder la porte de leurs Louures. Il s'en trouue peu qui ſoient contraincts de donner leur Royaume pour vn verre d'eau. La nature ſe courbe pour leur fournir des delices, ils n'ont qu'à ſ'en imaginer de nouuelles, s'en eſt auſſi-toſt fait, & particulierement en France, d'où il ne faut point ſortir pour trouuer tout ce qui ſe trouue ailleurs. Il n'y a pas ſeulement dequoy contenter les ſens, mais encor dequoy les faire paſmer. C'eſt pourquoy noſtre Grand Prince, qui eſt ſobre au milieu de l'abondance, auſtere parmy les delices, mortifié au giron des plaiſirs, & en vn mot ſi reglé, que Bacchus ny Venus ne peuuent ſe vanter non ſeulement de l'auoir vne fois ietté par terre, mais de l'auoir veu broncher, nous monſtre bien que ſa pieté eſt genereuſe comme la palme, ſur tout n'ayant rien à qui agréer qu'à Dieu; rien à craindre que Dieu, rien à eſperer que de Dieu.

Enfin les troiſieſmes viennent à Dieu, quand les maladies les tiennent à la gorge. Auſſi ſi vous y prenez garde, il ſe trouue plus de bras & de iambes de cire appendus à nos Autels pour les bleſſeures du corps, que pour celles de l'ame. Hors de là ils ne ſongent qu'aux delices, & tiennent le temps de la ieuneſſe ſi precieux, qu'ils ſe croyroient criminels de luy deſobeyr en la pourſuitte de ſes plaifirs. La vieilleſſe les fait trembler auant que d'eſtre au milieu de la courſe, & ſe haſtent ſi fort de donner leur ſanté aux voluptez, qu'ils la perdent afin de mieux en ioüir. Les maladies les font crier à Dieu, & bien ſouuent pluſtoſt auec vn deſir implicite d'y retourner que de s'en abſtenir. En ce ſeul poinct les Roys connoiſſent qu'ils ſont hommes. Il faut leur monſtrer comme à Louys onzieſme que les poux ſe promenent auſſi bien ſur leur pourpre, que ſur les haillons du moindre de leurs ſujets. Iuſqu'à ce qu'ils voyent le ſang couler de leur cuiſſe, on leur perſuade toûjours qu'ils ſont Dieux. Les miſeres leur oſtent cette imaginaire diuinité, & ſont contraints de reclamer celuy deuant lequel ils ne paroiſſent que des atomes. LOVIS LE IVSTE n'a pas attendu à faire paroiſtre ſa pieté en ces extrémitez. Au plus haut poinct de ſa ſanté c'eſt alors qu'il ſe monſtre plus feruent. *Helas!* diſoit-il, en ſa derniere maladie, *mes douleurs ne me ſont importunes qu'à cauſe que mon ame trouue les organes du corps plus foibles à la cooperation de ſes élents.*

Il ne ſuffit pas de parler de cette pieté en gros, il la faut voir en détail. Ie choiſis la plus rare comme la plus difficile de la Cour, c'eſt la pureté. Vertu ſi éminente en vn Prince que quand il peut triompher de ſon ennemie la volupté, il peut aiſément triompher de l'Vniuers. Il s'eſt trouué beaucoup de Princes valeureux, Plusieurs de sçauans, de clements, bien peu de chastes. Le nostre a toutes ces vertus auec eux, & les surpasse en pureté. Quand vn ennemy vient à nous l'espée à la main, on s'effraye, on s'enfuit, si on n'est le plus fort; quand il vient auec des roses & des fleurs, nous luy tendons les bras pour l'accoler. La chair vient tousiours en cét appareil, elle cache d'abord les foudres de la Iustice diuine, voile les funestes consequences, au contraire elle ne represente que des charmes, ne propose que des delices à la sensualité. Plusieurs sont demeurez fermes comme des rochers deuant les bourreaux, qui ont fondu comme cire deuant les beautez. Vn beau visage donne plus de tortures, qu'vn cheualet ne cause de douleurs. Pour se conseruer és bonnes graces de la chasteté, il faut estre meurtrier de ses plaisirs. Elle est rigoureuse aux œillades, censure les paroles, & chastie iusques aux pensées si elles demeurent volontairement en arrest.

Si la chasteté est difficile â conseruer parmy les austeritez, elle l'est encor plus parmy les delices de la Cour, qui d'ordinaire rougit de la deuotion, & tire gloire de l'impureté. Il luy semble que les beautez n'ont esté faictes que pour estre muguetées, & que les detourner du cajol, c'est les destourner de leur fin. Elle ne veut pas se persuader que la Nature fasse de si riches presents pour estre ſeulement admirez. L'oyſiueté y contribuë, la ialouſie y trauaille, l'inclination ne s'y oppoſe point, ant s'en faut, elle y tend facilement les mains.

Pluſieurs ſe conſeruent, parce qu'ils n'ont pas les moyens de ſe perdre. D'autres cherchent auec paſſion, ce qu'ils ne treuuent qu'auec peine. Les moyens, les occaſions, ſe preſentent à tout moment aux Roys, ils n'ont que faire de les chercher. Ce qu'on refuſe aux autres leur eſt facilement accordé. Leur authorité diſpenſe de la honte & des rigueurs de l'amour. Leurs affections ne ſont point ſteriles, les liberalitez y ſont attachées. Apres tout il n'y a point de ſi auſteres deeſſes, qui refuſent les carreſſes des Dieux. Bien ſouuent ils ont plus de peine à s'eſcrimer des attraits qu'elles ont long-temps eſtudié ſur vne glace, qu'à les reduire ſoubs l'empire de leurs Paſſions. LOVIS LE IVSTE tient ce tyran enchaiſné, & à moins que d'eſtre vn Ange, il ne ſçauroit eſtre plus chaſte, il ne laiſſe pas de luy lancer des fleſches, ſa Vertu en emouſſe les poinctes. Il n'oſe meſme enuironner ſon trône, & redoute ſi fort la rigueur de ſes regards, que les armes lui tõbent honteuſement des mains. En vn mot, qui veut auoir les bonnes graces de LOVIS LE IVSTE, il ne doit pas courtiſer celles de Cupidon. Ie pourrois m'eſtendre ſur beaucoup d'autres vertus qui releuent de cette pieté, le temps ne le permet, outre que vous ne les ignorez pas. Ie

diray

diray seulement que si la metempsycose passoit en creance, on diroit que l'ame de Sainct Louys seroit reuenuë au corps de LOVIS LE IVSTE.

Ie ne peus aller plus auant, cette pieté me ferme la bouche comme sa valeur se haste afin de me l'ouurir. Mais qu'en diray-ie, Messieurs, ou plustost que n'en diray-ie point? la pieté est bien necessaire à vn Prince: les mauuais sans doubte perdent plus par le scandale de leur vie, qu'ils ne gagnent par les conquestes qu'ils font sur leurs ennemis; & quand ils auroient plus cueilly de Lauriers que les Alexandres & les Pompées, leur gloire expire dans la terre sans estre couronnée dans les Cieux. Si vn Prince n'auoit que la pieté il ne seroit pas accomply, il seroit bon pour la cellule d'vn Chartreux, non pour le trône des Cesars. Les particuliers sont recommandables par des vertus indifferentes, les Princes sont faits pour lancer le foudre auec Iupiter, & auec Hercule pour manier vne Masse. Aussi il semble que la nature ait auorté quand elle n'a mis au corps d'vn Prince qu'vn lasche & poltron courage. Vne Couronne rougit sur vne telle teste, vn sceptre ne se laisse manier qu'à regret par des mains qui sentent plus la poudre de cypre que celle de canon.

A ceux qui loüoient Philippe d'estre beau Prince, éloquent, bon beuueur, ce sont des qualitez, respondit Demosthenes, qui appartiennent mieux à vne femme, à vn Aduocat, à vne esponge qu'à vn Roy. Vn Roy doibt respondre comme Iphicrates, à vn certain Orateur qui le pressoit furieusement d'vne insolente demande, qu'es-tu, pour faire tant de l'entendu, es-tu archer, es-tu picquer ? en quoy excelles-tu ? ie ne suis rien de tout cela, mais ie suis celuy qui sçait commander à tous ceux-là de parole & d'exemple. Quand vn Prince craint la gresle il a mauuaise grace de reprendre ceux qui craignent le tonnerre. Il n'y a point de soldat qui ne coure à la mort, lors qu'vn Roy la regarde d'vn œil ferme. Ceste Megere mesme rabat de ses frayeurs quand elle voit vn sceptre qui vient droit à elle teste baissée. Les bataillons rompus, les courages abbatus, les armees en deroute, se rallient, se releuent, se remettent à la face d'vn Prince qui mesprise ce qu'ils redoutent, à cause dequoy la nature a produit des palmes pour eux qui representent la generosité, comme il est aisé de veoir és peintures, sculptures & medailles de l'antiquité. Ie n'en rapporte aucun trait, il vous ennuye & à ce discours, que nous la fassions veoir en LOVIS LE IVSTE comme en son trône, en son centre, en son élement.

Il ne faut pas s'en estonner. Il n'estoit pas moins heritier de la valeur de son Pere, que de son sceptre. Son sang n'auoit changé que de veine, non de chaleur, de personne, non de courage. S. Denys & la

Fleche ont tort de ſe vanter de l'auoir, il paſſa chez LOVIS LE IVSTE. Il n'arriue pas touſiours que les enfans des Princes ſuccedent aux vertus de leurs peres comme de leurs Eſtats. Il y a des fruicts qui font honte à leurs arbres, des vignes à leur terroir, & aux rayons qui trauaillent pour elles. C'eſt bien peu d'eſtre ſeulement recommandable par les vertus de nos predeceſſeurs. En penſant releuer noſtre gloire nous l'affoibliſſons, & à proprement parler, c'eſt ne compter des victoires que pour faire mieux connoiſtre que nous n'en auons point gagné. Vn Prince ne doit entrer en ce compte que pour les augmenter, ne ſe repoſer à l'ombre de ces palmes, que pour la rendre plus grande & plus delicieuſe.

C'eſt la Meditation de LOVIS LE IVSTE. Son pere HENRY LE GRAND luy auoit laiſſé plus de palmes que de treſors, de reputation que de Prouinces. Par tout où il iette les yeux, il voit des Lauriers plantez de la main de ce Pere, & arroſez de ſon ſang. On ne luy propoſe point les beaux faits de Ceſar pour admirer ou imiter, il treuue en HENRY LE GRAND ce que les autres ont ignoré ou n'ont peu meriter. Tout cela l'altere, au lieu de le contenter. Les palmes de ſon Pere luy ſont des eſpines qui le picquent iour & nuict à de nouuelles conqueſtes. Elles luy tourneront à gloire s'il les augmente, à meſpris s'il s'en contente, à honte s'il les perd. C'est le rocher qu'il roule iour & nuict, l'idée qui ne le quitte point, & qui ne luy fait veoir, comme à vn Prince de son Louys onzie-me. nom, les frontieres de son Royaume qu'au bout de son espée.

Il commence de bonne heure pour acheuer bien tard. Il veut comme vn aiglon voler dans les armées auant que l'âge le luy permette. Son courage luy en donne l'enuie, sa minorité s'y oppose. Quelle cruauté que les loix en donnent à son courage ? Pourquoy luy donner vn si grand cœur à treize ans, & le retenir iusques à quatorze ? la Picardie, Messieurs, en pourroit bien dire des nouuelles, si la cheute de ce colosse d'orgueil soubs le pont du Louure n'eust ramené les Princes à leur deuoir & aux pieds de sa Majesté, pour luy faire connoistre qu'elle n'estoit ny le subiect de leur retraitte, ny la cause de leurs mescontentements. A ce coup il met la teste à la fenestre, & fait voir qu'elle est la nuée d'où est sorty ce tonnerre. On iuge du lyon par son ongle, de telles premisses il ne faut attendre qu'vne haute & victorieuse conclusion.

C'est déja beaucoup M. M. mais ce n'est rien au prix de ce que i'ay à dire. Le poil me dresse sur la Ce fut en l'Isle des Rieu poursuiuant le Duc de Soubize. teste, le sang me glace dans les veines, & il ne tient qu'à vous de voir mon visage, qui blemit quand ie considere ce ieune Mars, qui pousse son cheual dans la retraite d'vne perilleuse marée, pour dompter des rebelles.

rebelles. Mais que faictes-vous grand Roy? auez-vous enuie de rendre les ondes de l'Ocean superbes par vne sepulture si glorieuse pour elles, & si funeste pour nous? hé quoy, n'entendez-vous point les cris de tout le peuple, qui fremit vous voyant luitter auec les flots d'vn element qui tire vanité d'abismer les sceptres & les Coronnes? quand il tomberoit plus de larmes de nos yeux qu'il n'y a de gouttes d'eau dans la mer, pourroient-elles bien exprimer le mal-heur dont nous menasse vostre courage? non, non, Auditeurs, il n'y a rien à craindre, ce n'est pas vn Pharaon qui poursuit Israël, c'est vn Moyse pour lequel la mer se met en reuerence, & fauorise le passage. Cesar voulant r'assurer les matelots qu'vne horrible tempeste auoit rendu stupides, leur dit qu'ils auoient sa personne & sa fortune en leur basteau, & nous n'auons rien à craindre quoy que les ondes de cét element ne soient pas moins infidelles qu'inconstantes, puis qu'elles voyent leur Cesar honorer leur riuage.

Ie reuiens sur la terre qui va ouurir son sein pour luy donner des palmes dedans & dehors ses Estats. Mais palmes que vous luy coustez cher! quoy qu'il nous les donne à bon compte. Il les achepte, M. M. au peril de sa vie, qu'il expose, vous me pardonnerez, ô Grand Roy, si i'ose le dire, auec trop d'ardeur. Les pretendus reformez qui croyoient à ce qu'ils disent, que ce bon Prince voulust planter la Religion en leurs cœurs par le fer & le feu, se mirent en deuoir de partager vne Monarchie, où ils ne pouuoient pretendre que par la rebellion. Au mesme temps on voit des trouppes en campagne, & des bouleuars releuez. Le Canon qui vient de ronfler sur la mer, retentit dans le Seuenes, & la nature y ayant basty des rempars inexpugnables à l'art, son courage triomphe de l'vn & de l'autre. Mais retire toy de ma veuë, ô Priuas, afin que ie ne voye point tomber aux pieds de mon Prince, vne noblesse qui est à ses costez.

Cruel fer! armes rebelles! estes-vous assez effrontées que de commettre à l'incertitude d'vne bale, la vie & les delices dela France. Qui l'a peu garantir de ce peril que la main qui l'a placé sur le trône de ses peres? mais insolente & felonne, ne t'apperçois-tu point que tu lie les mains à sa clemence, que tu irrite sa iustice, & que malgré ses bontez qui donnent dans l'excez, tu attire sur ta teste & celle de tes enfans, vn chastiment forcé, mais plus que iustement merité? Montauban resiste, il faut le laisser là pour voir sa plus grande confusion & sa repentance. Il faut aller chercher ses clefs ailleurs. Elles sont en ce superbe roc, qui s'orgueillit par les ondes qui en lauent le pied. C'est à la teste de cét Hydre qu'il faut mirer: Au cœur de la rebellion qu'il faut donner. Il faut, il faut commencer par où on doit acheuer.

Mais qui ozera l'entreprendre? ne voit-on pas encor les traces de nos Roys, qui ont retourné sur leurs pas auec regret d'auoir fait connoistre leur impuissance d'vn costé; & de l'autre l'insolence de leurs rebelles sujets? ces superbes bastions, ces tours orgueilleuses, ces insolents rampars, ces abysmes de fossez, ceste effroyable artillerie, ces tresors inespuisables ne s'en ventent-ils pas, non à ceux seulement qui passent par là, mais à toute l'Europe? n'importe Grand Roy, donnez & vous l'emporterez. C'est vn coup qui est reserué à vostre dextre. Les Prophetes ont parlé, le Ciel, la terre, l'air, la mer, sont pour vous. Il me croit M. M. il vient, il void, il vainc, & quoy qu'on y conte prés d'onze mois, ce ne sont pas trois moments si on pese l'entreprise & la prise. Les ennemis de la France ouuerts & couuerts y perdent leur force, leur finesse; les rebelles, leurs priuileges, LOVIS triomphe de tout.

Mais n'entendez-vous point, Auditeurs, les cloches qui sonnent la Messe en cette terre infidelle, l'Euangile qui y est presché, les oüailles qui ont retrouué leurs pasteurs, les Cloistres leurs Religieux, le vray Dieu ses sacrifices? Qu'on ne me parle point de passer les mers, d'aller au Iapon, de trauailler à la conuersion de ces barbares, d'y bastir des temples, d'y eriger des Autels; sans aller si loin LOVIS LE IVSTE fait tout cela en vne seule Rochelle.

En paſſant, ie ne ſçaurois m'empeſcher de vous faire remarquer les oliues auec les palmes, la clemence auec la valeur de cét incomparable Monarque. Il oublie les iniures du paſſé, & ne ſonge qu'aux miſeres preſentes. Au lieu de fer il preſente le pain, le pardon pour la vengeance. Ainſi il triomphe de ſon triomphe, & rend ſa victoire plus glorieuſe en n'en point vſant. Il ne laiſſe pourtant pas de trouuer en cette ſeule place, Montauban, & plus de cent cinquante autres.

GRAND HENRY, que ne vous puiſ-ie maintenant faire connoiſtre que voſtre prophetie eſt accomplie, que les rebelles ſont domptez, & que ce que vous leur auiez accordé à contre-cœur, de peur de troubler le repos de la France qui venoit de ſortir d'vne criſe perilleuſe, leur a eſté enleué par la main d'vn ſi digne ſucceſſeur! mais vous le voyez en cette gloire que vous auez meritée par vos bontez. Et toy, ô France, reconnois aujourd'huy ta puiſſance, donne le défy à toutes les nations, ta vanité te ſera pardonnable. Tu es maintenant inuincible. Les eſtrangers en meditant ta ruine n'y voyoient du iour que par celuy que tu leur en donnois. Ton LOVIS leur a fermé les portes, bouché les aduenuës & fait mourir toutes leurs eſperances par la reünion des forces de ſon Royaume. Paris le Paradis terreſtre des hommes trauaille aux arcs de triomphe, s'occupe à coupper des Lauriers

Lauriers pour mettre ſur ce front victorieux, qui en donne toute la gloire au Dieu des exercites. Le Vatican ouure les Cieux afin qu'ils ſe joignent à la terre pour rendre cette ſolemnité plus celebre, nos alliez ſ'en réjoüiſſent, nos voiſins en pleurent, nos ennemis enragent, toute l'Europe a le friſſon quand elle conſidere ce que peut maintenant la France ſi elle veut entreprendre.

Mais il eſt temps, ô grand Roy, de vous repoſer à l'ombre de tant de palmes, & d'arreſter le cours de vos trauaux, qui deuant les années commencent à faire griſonner vos tempes. C'eſt eſtre trop cruel de ne rien donner à ceſte ieuneſſe Royale de ce que la Nature a expreſſément creé pour elle. Nous paſſerions pour barbares, non pour des ſujets affectionnez, ſi nous deſirions qu'elle fuſt touſiours parmy le ſalpeſtre, & n'entendiſt autre harmonie que celle des canons. Ce que pourtant, ô Grand Roy, nous ne demandons pas tant pour nous que pour vous, puiſque vous trauaillez plus pour nous que pour vous.

Ce ſeroit, Meſſieurs, ce qu'il deſireroit pour nous, non pour luy: mais voicy nos alliez qui implorent ſon bras victorieux, & dela les Alpes crient d'vne voix forte & pitoyable, *Venez grand Roy, ou nous ſommes perdus.* A ce premier reclam il monte à cheual, & quoy que les rigueurs de la ſaiſon rendiſſent les paſſages inacceſſibles, il fait paſſer ſes armées par où les Ours ont de la peine à monter. Le Sauoyard qui s'estoit laissé surprendre à vn ennemy qui l'a assez de fois trompé pour ne s'y fier iamais, est effrayé de le voir à ses portes, & bien-heureux d'auoir la Sœur d'vn si grand Prince pour espouse de son successeur: car quoy que sa Majesté luy eust donné vn mariage conuenable à la grandeur de sa naissance, il la dotte derechef en terre, rendant en sa consideration toute la Sauoye que le bon-heur de ses armes alloit infalliblement conquerir. Le Mantuan chante le *Te Deum*, son ennemy le *Miserere*, LOVIS s'en retourne en France, & s'il ne vient si viste comme il estoit allé, sont des palmes qui le chargent, & l'empeschent de cheminer au gré de sa chere Epouse, & de ses bons suiets, ausquels son absence a tousiours esté vn martyre.

Apres ce retour, ie disois à part moy, où trouuerons-nous des granges, des celiers, des coffres pour mettre les grains, les vins, les pistoles que la France va amasser? Quel peuple a iamais esté plus à son aise? Quelle Prouince plus heureuse? Quel gouuernement plus doux? Quel regne plus fortuné que celuy de LOVYS LE IVSTE? Qu'auons nous à esperer que nous ne possedions, ou que son bon-heur nous promet de faire posseder? Ie l'auoüe, Auditeurs, i'en suis d'accord auec vous, mais qui peut, pour quelque bon droict qu'il ait, pour iuste que soit sa cause, & son ame innocente, qui peut s'empescher d'entrer en procés à moins de quiter par lascheté ce qu'on ne peut abandonner sans iniustice?

Helas! voicy qu'on force ce bon Prince à sonner la cloche Martinella, comme faisoient les anciens Florentins auant que de declarer la guerre. Les Prouinces estrangeres passionnent de viure sous ses loix, chacun adore sa valeur, les villes tiennent leurs portes ouuertes pour y faire entrer ses armées, son bon-heur l'asseure de tout, Mars luy presente ses palmes, mais il ne les regarde que les larmes aux yeux, de peur d'en voir parmy son peuple, estant en cela, seulement pour l'amour de nous, du sentiment d'Horace qui desiroit vne vie douce sans des palmes poudreuses, *cui sit conditio dulcis sine puluere palmæ.* Toutesfois il y entre: mais il ne couroit pas plus viste qu'il fait à l'Empire, quand la Fortune auroit donné des aisles à ses armées.

Les grandes entreprises ne sont que pour de grands courages; les petites rabatent de leur gloire. Il vaut mieux ne point faire parler de soy, que d'en faire parler bassement. Nancy merite de le veoir. Le trauail de tant d'ingenieurs, les iournées de tant d'hommes, le soin, & la monstrueuse depence d'vn Prince, auoient rendu cette place, ce qu'elle est, vne des meilleures de l'Europe. Mais elle pert la bonne opinion qu'elle auoit de soy, quand elle voit LOVIS LE IVSTE qui plante des picquets de ſa main & luy fait vn cercle, d'où ils ne peuuent ſortir, que pour luy demander pardon, & faire ſes volontez.

Le temps me preſſe M. M. Ie ſuis contraint de laiſſer par les chemins beaucoup de places & de victoires. Vous voulez, ie le voy bien, venir lire auec moy cét inſolent eſcrit ſur la porte d'Arras. Vous voulez le veoir honteuſement tomber aux pieds de LOVIS LE IVSTE, à la barbe de ſon Prince, à la veuë de toute la Flandre qui n'y paroiſt que pour faire mieux paroiſtre ſa foibleſſe & la puiſſance de la France. Icy M. M. il trouue la Toque de François premier, & vne piece pour faire iuger ſon procés en noſtre faueur.

I'oubliois la plus belle de ſes victoires, ayant vaincu l'opinion de tout le monde, qui admiroit cette genereuſe palme, mais qui deſeſperoit de ſes fruicts. O ingrate memoire ! & à quoy penſois-tu? pardonnez-luy grand Roy, ſon diſcours ſe ſent en quelque choſe de la nature de la palme, laquelle à ce que dit Euchere, profite tard : mais qui demeure long-temps en ſa verdure. Ainſi, ô fruicts genereux, vous auez eſté deſirez auec paſſion de tous vos peuples, demandez de toute l'Egliſe auec des ſoupirs incroyables, & redoutez des ennemis de la Frãce, mais puiſſiez-vous à longues années demeurer en vne floriſſante proſperité. Paſſez, paſſez, promptement cette enfance pour venir apprendre ce que vous

vous ne verrez en aucun autre. Venez & le ſuiuez à Perpignan, où il ioüe pendant que ſes ennemis plorent, & reçoit les hommages d'vn Royaume qui ſe donne à ſa pieté & à ſa valeur, pendant que ceux qui y pretendent, voyent toutes leurs eſperances mortes.

Que reſte-il, Auditeurs, pour acheuer ce triomphe ? pour arrondir ce cercle ? où vne plus ſolide pieté, vne plus grande valeur, vne Iuſtice plus parfaicte, qu'en LOVIS LE IVSTE ? ne voila pas vne haute & magnifique palme, qui ſe déploye aux yeux de toute l'Europe ? quelles ſont tes penſées, ô Paris, quand tu conſidere ce Roy qui t'apporte des nouuelles de la Catalogne ? qui te donne la liſte de ces fers qu'vn ſuperbe ennemy auoit fait forger à Perpignan pour te mettre aux pieds & aux mains ? Pour moy ie n'ay point de penſées, & encor moins de paroles qui puiſſent atteindre à ſa generoſité : Mais helas ! au ſolſtice de cette felicité i'apperçois vne ombre fatale, qui nous menaſſe du renuerſement de cette palme : la troiſieſme conſideration de ce diſcours.

Il faut finir M. M. puis qu'on a commencé, ou ne point deſirer la vie, ou ſe reſoudre à la voir expirer. C'eſt vne loy commune aux lyons, & aux atomes, aux grands, & aux petits. Le commencement & la fin nous rend egaux, le milieu ſeul nous diſtingue. LOVIS LE IVSTE a commencé, il ſe diſpoſe à finir. Mais que ne finiſ-ie auec luy pour n'eſtre point obligé de vous parler de cette fin! Non, M. M. ie m'en repens, ie vous priuerois de deux choſes memorables qui s'y remarquent, l'vne de ſon ſalut, l'autre de l'ordre qu'il met à ſon Eſtat.

La mort ne reſpond pas toûjours à la vie, ny la vie à la mort. Tel a bien veſcu, qui n'eſt pas bien mort: tel eſt bien mort qui a fort mal veſcu. Il ne faut qu'vn moment pour tout perdre, ou tout gagner. Bien commencer, mieux pourſuiure, tres-bien acheuer, c'eſt dequoy faire vn ſainct ſans canonization. Cela eſt donné à peu de monde, & quand il s'en rencontre quelqu'vn, il faut pluſtoſt le prier, que le plorer. Toute la vie de LOVIS LE IVSTE, a eſté ſans interruption de ſa pieté, ſa mort eſt vn flambeau qui redouble ſa lumiere. La main de Dieu y eſt viſible, & le temps aſſez long qu'il luy a donné en ſa maladie, a eſté pluſtoſt pour nous inſtruire, que pour plorer ſes pechez.

Ie ne ſuis pas de l'aduis de Ceſar qui croyoit que la mort la moins attenduë, eſtoit la plus heureuſe. Si c'eſt pour en auoir meilleur marché, c'eſt vne laſcheté; s'il eſt queſtion de religion, c'eſt vne temerité. Pour faire vne belle action, on ne ſçauroit auoir aſſez de temps; pour bien mourir, trop de preparation. Quand on n'eſt point receu à corriger ſon compte, il faut bien l'examiner auant que de le rendre. Si ce deuoit eſtre deuant vn mal addroit, on pourroit luy en faire paſſer; deuant Dieu, tout eſt deſcouuert, & le plus fin, eſt trouué le plus groſſier. On doit moins craindre l'impatience que l'impenitence. Tous ceux qui vous abordent, vous diſent touſiours quelque bon mot, & à meſure que le corps s'affoibliſt, l'eſprit en deuient plus humble.

Tout le temps qu'eut le Roy, fut pour meriter non plorer. Il commence comme s'il n'auoit rien fait tout le temps de ſa vie, & à l'oüyr parler de ſon ſalut, vous le prendriez non pour vn homme, mais pour vn Seraphin incarné. Il épuiſe ceux qui l'exhortent, & au lieu de luy remonſtrer, il leur remonſtre. Il preuient ce qu'ils auoient à dire; en produit, où ils ne penſoient pas, & apres auoir bien fueilleté, ils apprennent de luy ce qu'ils auoient iuſques icy ignoré. Quelle ferueur au S. Sacrement de l'Autel? auec combien de ſoupirs reçoit-il ce precieux gage de l'amour diuin? quels tranſports d'amour en la conſideration des bontez ineffables de ſon Dieu? quelle apprehenſion des foudres de ſa iuſtice, quoy que ſa bonne vie peuſt le deſtourner de ces frayeurs? quels élents vers la tres-ſaincte Vierge, en la protection de laquelle il auoit mis ſa Royalle perſonne, ſon Sceptre, ſa Couronne, ſes peuples, ſes Eſtats?

Venez mondains, venez Courtiſans, venez ſçauants, venez libertins, venez peuples, venez Religieux, venez Reyne de Saba, venez tous veoir ce ſage Salomon ſur ſa couche Royalle! Venez & eſcoutez les diſcours de la vanité du monde qu'il confond par ſa pieté, qu'il ruine par ſon exemple. Voila ce bras victorieux qu'il monſtre tout decharné. Voila ce bras chargé de palmes, qui en ſa foibleſſe fait de nouuelles Conqueſtes ſur la vanité de la Cour. *Memento*, dit-il en monſtrant ce bras à vn Seigneur, *quia cinis es & in cinerem reuerteris.* Vous voyez voſtre Roy, le Roy Tres-Chreſtien, vous voyez ſa vie, le bon heur de ſes armes, les victoires qu'il a gagnées, les Prouinces qu'il a vnies à ſa Couronne, ſon Sceptre redouté, ſes ennemis à l'extrémité, ſes enfans les fleurs & l'eſperance de cette Monarchie, ſon Eſpouſe le miracle de ſon ſexe, mais, *Memento homo quia cinis es & in cinerem reuerteris*, mais ſçachez que cette Couronne va tomber de deſſus ma teſte, ce Sceptre ſe caſſer entre mes mains, cette felicité s'enfuir de moy; ces yeux, ces bras, ces mains que vous baiſez & arroſez de vos larmes, deſcendre en vn ſepulchre pour eſtre la pâture des vers. *Memento quia cinis es, & in cinerem reuerteris.* O torrent d'orgueil! ô vanité de la Cour! ô delices du monde où apprendrez-vous à vous dompter, vous humilier, vous corriger, ſi ce n'eſt en cette ſaincte, ſçauante, & Royalle Eſchole. Sa chere Eſpouſe fond en larmes, ſon affliction extréme,

tréme, les iours, les nuicts, les mois qu'elle passe quasi sans repos, sans nourriture, & qui nous menassent de deux grands mal-heurs ; la presence pitoyable de ces deux petits Princes, petits pupilles, qui viennent receuoir sa benediction Paternelle; tous les Princes, Princesses, Seigneurs, & Dames de la Cour, toute la France en vn mot, qui veut mourir auec luy, ne sont pas capables d'alterer ce grand cœur. Il a vne tendresse raisonnable pour eux, non des attaches à la terre. La santé, la maladie, la vie, la mort, luy sont indifferentes, & s'il se determine c'est à veoir Dieu, non à demeurer au monde.

Il ne commande pas comme Louis onziesme, estant à l'extremité, qu'en l'oraison qu'il fit faire on ne demande que la santé du corps, & qu'apres on parleroit pour l'ame, de peur, disoit-il, d'en demander trop à la fois à Dieu : il ne pense qu'à l'ame, la plus noble partie, & pour le corps, il se contente de dire, *Memento quia cinis es, & in cinerem reuerteris.* Si donc ce grand Roy, qui a faict vn extraict fidelle de toutes les delices de la vie, vous asseure qu'il n'y a troué qu'amertume, qu'esperez-vous y trouuer apres luy ?

Mais vous, Messieurs de la Religion, vous esprits genereux, & bontifs, que la naissance, ou la coustume, ou l'erreur tiennent engagez à vne mauuaise profession, que direz vous ? Les affections & les soings de ce grand Prince pour vostre ſalut ne gagneront-ils rien ſur vous?Les diuines paroles qu'il prononce en faueur de noſtre Religion à la gloire de l'Egliſe Romaine, à la confuſion de la voſtre, ne doiuent elles pas eſtre recueillies de vous comme des Oracles qui vuident le different, quand déja il ne ſeroit pas decidé ? Ce Dieu de verité, dont vous auez reconneu la main fauorable ſur ce bon Prince en toutes les actions de ſa vie, l'auroit-il abandonné en la derniere plus importante que toutes les precedentes ? ne voyez vous pas qu'ayant trompé la creance que vous auiez, qu'en oſtant de vos mains les places de rebellion, il oſteroit en ſuite l'exercice de voſtre Religion, maintenant le ſainct Eſprit parle par ſa bouche pour vous tirer de l'erreur, & vous ramener à l'Egliſe de vos peres? vous n'en deuez douter, c'eſt vn Roy, c'eſt vn Sainct, vous deuez y venir pendant que nous paſſerons promptement à l'ordre qu'il met aux affaires de ſon Eſtat.

Il exhorte Meſſieurs les Mareſchaux de la Force & de Chaſtillon à ſe conuertir.

La pieté, Meſſieurs, donne de la lumiere aux affaires, tant s'en faut qu'elle en ſoit ennemie : elle n'eſt pas ſtupide, elle eſt fort clair-voyante, & bien que les particuliers à la fin de leurs iours ne doiuent pas tant s'occuper aux affaires de leur maiſon, la pieté commande aux Roys d'y ſonger iuſques au dernier ſoûpir. Dieu les a donné à leurs Eſtats pour leurs Eſtats. La reddition du compte de leur ame emporte comme la piece principale, celle de leur gouuernement. C'eſt à quoy trauaille LOVYS

LE IVSTE apres auoir trauaillé pour ſon ſalut. En quoy ie remarque vne autre faueur que Dieu faict à la France en la conſideration de ce bon Prince. Comme vne mort eſtudiée, vaut mieux qu'vne ſoudaine, le temps qu'on a de preuoir l'orage, dont vn Eſtat peut eſtre menacé, eſt vne grace toute ſpeciale du Ciel. A moins d'vn Miracle, à quoy Dieu n'eſt pas obligé, la cheute inopinée des Roys ne peut eſtre ſans quelque deſordre. Il y en a touſiours qui font des meditations ſur leurs Eſtats, & n'attendent que du iour pour les executer. En ces rencontres ceux qui tiennent le timon ſont plus frapez d'eſtonnement, qu'attentifs aux remedes: mais quand le temps donne du loiſir de preuoir la tempeſte, le vaiſſeau ne peut faire naufrage.

L'œil penetrant de ce Prince, qui donne dans le futur, iuge que la bonne intelligence en la maiſon Royalle eſt plus forte que ſon arcenac: que les ennemis de la France n'ont iamais rien eſperé, rien emporté ſur nous, que par la diuiſion. Il y pouruoit, appelle les Princes, oſte l'amertume de leurs cœurs ſ'il y en eſtoit demeuré quelque choſe, leur recommande auec des paroles capables de faire fendre les cœurs, ces deux pretieuſes reliques du funeſte débris dont nous ſommes menacez, fait ioindre enſemble les mains les plus auguſtes de cet Eſtat, & iurer vne amitié inuiolable, qui dans les reuers de la Cour n'a iamais eu de refroidiſſement, puis ayant ſcellé ſa vie par vne ſi belle fin, fait tirer les rideaux de son lict & de son Estat, pour s'enuoler au Ciel le iour de l'Ascension auec son Sauueur.

Mais rideaux, pourquoy me cachez vous ce visage Angelique ? pourquoy m'empeschez-vous de veoir les rayons que le Ciel espand dessus ? pourquoy ne voulez vous pas que i'en prenne coppie ? mais vous m'estes plus fauorables que seueres, ma main est trop lourde, mon pinceau trop grossier, Apelles y perdroit sa reputation. Helas ! i'ay bien plus besoin du rideau de Tymandes. Pauure France, que tu es bien maintenant depeinte en la Prouince de Iudée ! Cette prouince, Messieurs, figurée en la palme, à cause qu'elles y croissent plus qu'en tous les lieux du monde, se voyoit renuersée en la monnoye de Vespasian, les larmes aux yeux, se frappant la poictrine, quoy que cet Empereur fust sus-bout aupres d'elle. Ainsi quoy que ton Roy ne rabatte rien de la grandeur de son courage, quoy que la mort ne le regarde qu'en fremissant, tu as pourtant bien suject de batre ta poictrine, & de ietter des larmes non pas des communes, mais des larmes de sang.

O Ciel ! ô terre ! n'y a-t'il donc plus de consolation pour nous ? & depuis quand nous chastiez vous selon la grandeur de nos crimes ? pouuez-vous maintenant vanter vostre misericorde ? ne pouuons nous pas dire, que vostre iustice n'a rien relasché de ses rigueurs ? tant s'en faut, si le blaspheme n'estoit point sacrilege, le desespoir ne nous

feroit-

feroit-il pas dire que nous n'auons pû commettre vn crime aussi enorme, que vostre chastiment est terrible ? Mais grand Dieu pardonnez à ma douleur, mes puissances sont en desordre, mon esprit est troublé, ie ne sçay ce que ie dis, ie fais vn desaueu public de ma proposition. Faites s'il vous plaist, Seigneur, qu'en toutes ces choses le murmure de de mes leures ne soit point criminel. Vostre verge & vostre baston sont ma consolation, & parmy tant d'infortunes, j'apperçois vn bon-heur miraculeux.

Vnde & verba mea dolore sunt plena : quia sagittæ Domini in me sunt, quarum indignatio ebibit spiritum meum. Iob c. 6.

In omnibus his non peccauit Iob labiis suis. 1. c.

Virga tua & baculus tuus ipsa me consolata sunt. Psal. 22.

Le Phenix comme vous sçauez est admirable en sa vie, & miraculeux en sa mort. Car apres estre lassé des admirations du monde qui le regardoit comme le plus grand mystere de la nature, il vole sur le coupeau d'vne montagne & ayant dressé vn petit bucher de canelle, de laurier, & autres bois aromatiques, il se perche dessus, conjure les rayons du Soleil d'assister à son trespas, & de consommer son sacrifice. Au mesme temps le feu s'allume dans le bucher, le Phenix pert la vie, mais dans ses cendres aromatiques, on treuue vn petit œuf, d'où naist vn autre Phenix, ou le mesme si vous voulez, qui fait quitter le dueil à la nature, & la pare de ses plus éclatantes beautez. Pour ces paroles, le Iuste florira comme la Palme, *Iustus vt palma florebit*, il y a vne version qui porte, *Iustus vt Phœnix florebit*, le Iuste florira comme le Phoenix.

Vous vous ressouuenez bien, Messieurs, que ce discours funebre auoit dessein de monstrer LOVIS

LE IVSTE semblable à la Palme en la vie, & en la mort. Sa pieté haute, genereuse, & Royalle; sa valeur, redoutée de toute l'Europe, & sa fin bien-heureuse le riche couronnement de tant de belles vertus, l'ont rendu le Phœnix du monde & des Roys de la terre: mais lassé de l'applaudissement des mortels, & de l'admiration de tant de beaux faits pour la Religion, & pour l'Estat, il vole sur la montagne de Sainct Germain en Laye, amasse ses Palmes & ses belles actions plus aromatiques que tous les bois de la Iudée, lance de pitoyables œillades au Soleil de Iustice, puis luy ayant rendu graces de tant de victoires, le supplie d'agréer ce dernier sacrifice d'amour, qu'il consomme en rendant son esprit. Mais la mort qui pense en triompher, est bien estonnée de veoir vn autre Phœnix, vn autre LOVIS, ou plustost le mesme en son sang, en sa veuë, en ses actions, qui vient à prendre naissance, & authorité Royalle de ce funeste & miraculeux trespas. Et voila le secret que vous attendiez, Auditeurs, du renuersement de la Palme, laquelle estant courbée, se releue neantmoins auec generosité. Bon heur, ô grand Prince, que ie donne à vos prieres. Tant de belles circonstances m'inspirent cette pensée, & m'en donnent la creance. Mais entr'autres quel iour plus celebre pouuiez vous choisir pour triompher és Cieux comme vous auiez faict en terre, que celuy auquel le Fils de Dieu monta à la dextre de son Pere?

L'Effect, Messieurs, ne le confirme pas moins : car si apres l'Ascension du Sauueur du monde ses Disciples deuinrent plus hardis,& emporterent de celebres victoires sur les ennemis de son Euangile: Apres la sortie de LOVIS LE IVSTE de cette vie, ses Armées deuiennent encor plus courageuses, & gagnent sur les ennemis de la France, des victoires qui surpassent les precedentes.

Ie reçois pour vne fable, que l'image de Thesée paroissant aux Grecs à la bataille de Marathon, ils en furent tellement animez, qu'ils gagnerent la Victoire : mais ie pourois dire auec plus de verité, que celle de LOVIS LE IVSTE parût à nos braues François à la bataille de Rocroy, dont ils ne furent pas moins fortifiez que nos ennemis en furent effrayez. Non, non, chers Auditeurs, ie ne veux pas desormais pour dompter les ennemis de la France, qu'on porte les os de LOVIS LE IVSTE, comme Edouard premier Roy d'Angleterre ordonna qu'apres sa mort on porteroit les siens contre les Ecossois qu'il auoit batu & vaincu en toutes les rencontres, à quoy il obligea son fils par vn serment solemnel : ce seroit trop faire d'honneur à nos ennemis : Mais ie desire de vous, Princes tres-illustres, genereuse Noblesse, Armées victorieuses, que comme les soldats d'Alexandre portoient de ses Medailles sur eux croyant que le bonheur, & le Triomphe y estoient attachez, vous portiez les medailles de LOVIS LE IVSTE, c'est à dire, que vous mettiez deuant vos yeux, & en vos mœurs son innocence, sa Iustice, sa conduitte, sa vigilance, sa valeur, & vous triompherez. Ie desire de vous, Messieurs, ie desire de toy ô peuple, en vn mot ie desire de vous ô François, que vous portiez les medailles, c'est à dire, les vertus d'vn si bon, si pieux & si genereux Prince. Ie desire que vous en reconnoissiez & reueriez l'authorité & les traicts en cette BLANCHE, qui parmy le fer cõmence à nous donner vn siecle d'or, qui perd son repos pour penser au vostre, & qui ne sera iamais contente qu'apres qu'elle croira que vous estes heureux. Ie desire qu'en ne point oubliant LOVIS XIII. vous ayez en vos prieres vn souuenir perpetuel de LOVIS XIV. que vous demandiez au Ciel que les vertus croissent auec ses années, & que le terme en soit si long, qu'auqu'vn de ses sujects n'en puisse veoir le bout. Ie desire encor que vostre pieté & vostre deuoir y comprenent Monsieur frere du Roy, & que iamais la bonne intelligence de leurs esprits ne se separe de celle de leur sang. Voila, M.M. voila peuple, voila grand Prince, ce que ma passion m'a dicté, ce que mon deuoir m'obligeoit de vous rendre. Prenez donc, grand Roy, bon Roy, prenez mes larmes & mes regrets pour mes deuoirs, & iugés mieux, s'il vous plaist, des affections de mon cœur, que de l'eloquence de ce funebre discours.

FIN.

www.ingramcontent.com/pod-product-compliance
Ingram Content Group UK Ltd.
Pitfield, Milton Keynes, MK11 3LW, UK
UKHW020416220726
13923UKWH00004B/1974

9 782019 269036